NASRUDÍN & SU ASNO

odile weulersse

rébecca dautremer

EDELVIVES

Nasrudín aprovecha el frescor de la mañana para barrer enérgicamente el patio.
Su madre sale a la puerta de la casa con su hermoso traje y su pañuelo de flores.
Es baja y gordita, mientras que su marido, Mustafá, es alto y flaco.
—Buenos días, hijo mío. ¿Te has bebido ya tu leche de camella?
—Todavía no.
—Te he dicho muchas veces que no trabajes con el estómago vacío.
Esta mañana tendrás que ir tú solo al mercado, porque tu padre
se ha torcido un tobillo. Venderás los albaricoques y los huevos.
Y con el dinero comprarás miel, ajos y aceite de oliva,
para que yo pueda hacer un emplasto para el tobillo de tu padre.
Trae también berenjenas, las haré gratinadas con queso.
¡Y no te vayas sin gorro! ¿Dónde tienes la cabeza? ¡Venga, date prisa!

Nasrudín corre de acá para allá para obedecer a su madre.
Por fin, coloca sobre el asno los dos cestos llenos de frutos dorados
y, encima, cuatro docenas de huevos.
—¡Que tengas una buena mañana! —dice a su madre al alejarse.
—¡Vuelve pronto! —le ordena ella.

Hace ya calor por el camino y se levantan nubes de polvo
al más ligero soplo de aire. Desde lo alto de su asno,
Nasrudín mira con superioridad a los que caminan a pie
y arrea a su animal con arrogancia para adelantarlos.

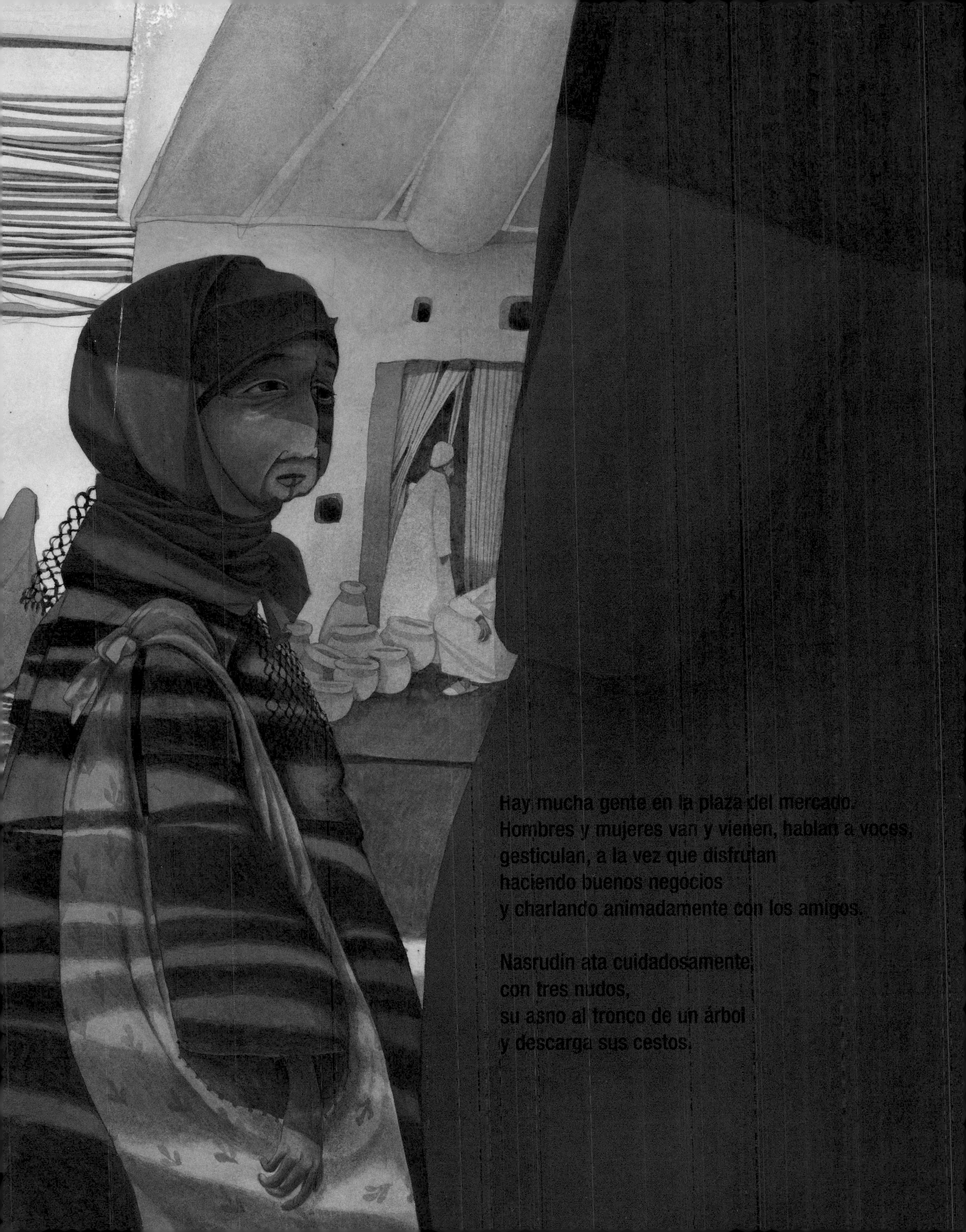

Hay mucha gente en la plaza del mercado.
Hombres y mujeres van y vienen, hablan a voces,
gesticulan, a la vez que disfrutan
haciendo buenos negocios
y charlando animadamente con los amigos.

Nasrudín ata cuidadosamente,
con tres nudos,
su asno al tronco de un árbol
y descarga sus cestos.

Nasrudín extiende una vieja alfombra
allí donde los compradores son más numerosos,
se sienta encima con las piernas cruzadas y grita:
—¡Albaricoques tiernos y dulces!
¡Pequeños soles que se deshacen en la boca!
¡Delicados frutos que acarician el interior del vientre
y se deslizan fácilmente por el trasero!
—¡Qué buen vendedor eres! —exclama su vecino.
—¡Qué suerte tener un hijo tan listo! —dice otro.

Nasrudín sonríe satisfecho
y muchos clientes le compran su mercancía.

Cuando ya no quedan ni albaricoques ni huevos,
el muchacho llena sus cestos con miel, aceite de oliva,
ajos y berenjenas, como le ha pedido su madre,
y vuelve hacia el árbol donde ha dejado atado su pollino.
Allí, su corazón se detiene
y se le pone la cara roja como un pimiento:
el asno ha desaparecido.

Aterrado, Nasrudín corre de un árbol a otro,
examina todos los animales de cuatro patas
que aguardan a sus amos, sin encontrar el suyo.
Se desgañita gritando:
—¡Al ladrón! ¡Al ladrón! ¡Me han robado el asno!

Pero su voz se pierde en el tumulto de las charlas.
Los que pasan le miran con aire distraído,
otros continúan su conversación,
algunos murmuran, observándole de reojo.
Un mercader de bueyes, de bigote rizado, se apiada de él.
—Nadie te oye, hijo mío. Súbete a esos cajones de ahí
para que la gente pueda verte y escucharte.

Nasrudín se remanga la ropa,
sube hasta lo más alto, se quita las babuchas
y las agita en el aire, cada una en una mano,
con gesto amenazador.
Pone cara de estar muy enfadado y grita:
—¡Al ladrón! ¡Mi asno ha desaparecido! ¡Atención!
¡Atención! ¡Si no me devuelven mi asno,
haré lo que hizo mi padre cuando le robaron el suyo!
¡Y todos os arrepentiréis de vuestro silencio!
¡Porque lo que hizo él, nadie ha sido capaz de repetirlo!
¡En el pueblo todo el mundo lo recuerda!

Intrigada, una mujer mayor se aproxima.

—Yo no me acuerdo de nada.

¿Qué es lo que hizo tu padre cuando le robaron el asno?

Nasrudín adopta un gesto que asusta.

—¿Estás dispuesta a escuchar un relato que te hará temblar?

—¡Sí, sí, cuenta! —piden dos jóvenes.

Otros se unen a ellos. Un grupo de chicuelos, juguetones y ruidosos, empujan a los espectadores para ponerse en primera fila.

—¡Venga, cuenta! —se impacienta una niña.

—Allá voy —dice Nasrudín—: Era en pleno corazón del verano.
Mi padre, que se llama Mustafá, había estado charlado, durante un buen rato,
en casa de unos amigos, alrededor de un té con hierbabuena,
mientras yo dormitaba sobre una alfombra.
Cuando volvimos a la plaza del mercado... estaba completamente vacía.
Ni un ser humano, ni un animal.
Mi padre sacó la conclusión de que un hijo de perra le había robado su pollino,
y que él tenía que convertir a aquel malvado en puré de berenjena.

»Mi padre miró alrededor para tratar de averiguar la dirección
que había tomado el bandido. De repente, sobre la colina de los olivos,
resonó el rebuzno de nuestro pollino. ¡Oh!, es un rebuzno muy especial,
como una especie de hipo, más o menos así:
«Haa-a, Haah-a, Haah-a».

Nasrudín abre de nuevo la enorme boca e infla su pecho para imitar al animal.
—Es extraordinario —dice la mujer mayor—.
Jamás en mi vida he oído a un asno rebuznar de esa manera.
—Los asnos rebuznan así cuando son muy desgraciados —afirma Nasrudín,
muy serio.

Y continúa su relato:
—Entonces, mi padre y yo nos encaminamos hacia los olivos;
pero cuanto más avanzábamos más lejanos resonaban los rebuznos.

Nasrudín deja de hablar para beber de un cántaro que le tiende
el mercader de bueyes. Comprueba que sus oyentes son cada vez
más numerosos y reanuda su relato alzando un poco más la voz.

—Mi padre y yo anduvimos durante largo rato.
Una penosa marcha por un camino pedregoso y sin sombra.
Al llegar la noche, descubrimos, junto a la empalizada,
a un hombre en camisa, con un turbante enrollado hasta las orejas,
los ojos amarillos como los de una pantera y una barba negra y muy larga.
Mi padre se plantó delante del ladrón y le preguntó con una voz terrible:
«¿Dónde está mi asno?»
«¿Qué asno?», inquirió el pérfido malhechor.
«¡Te voy a devolver la memoria!», exclamó mi padre.

»Mi padre agarró al ladrón por su interminable barba y le dio vueltas en el aire,
tantas que parecía las aspas de un molino y, tan rápidamente, que oí silbar el aire.
«¡Ahora dime dónde has escondido mi pollino!», exigió mi padre.
«¡No sé de qué me estás hablando!», se atrevió a replicar el bandido.
Y, entonces, mi padre echó mano al puñal que llevaba en la cintura.

Ante esta frase, los niños de la audiencia lanzaron gritos de espanto,
y Nasrudín sonrió triunfante al explicar:
——La hoja del puñal, a la luz de la luna, brillaba como la espada del visir.
Acercando la hoja al ladrón, mi padre declaró:
«Te estás burlando de mí, hijo de perra, chacal del diablo».

»El bandido, con los ojos enloquecidos, confesó:

«¡Tu pollino está en un árbol!».

«¿En un árbol? ¡Te burlas de mí!»

Mi padre apoyó la punta de su puñal entre los ojos del ladrón,

que gimió: «Que se me caiga la barba si miento.

Tu asno está en el gran baobab del otro lado de la colina».

»Todos conocéis el gran baobab del otro lado de la colina de los olivos.
Bueno, pues el asno estaba atrapado entre sus ramas. Gruesas lágrimas caían
de sus ojos y regaban una delicada flor que había en el suelo reseco.
¡Ah!, ¡qué difícil fue bajarlo de allí arriba!
Después, atamos los pies y la mano derecha del ladrón y le pusimos delante
un montonazo de pimientos delgados, rojos y picantes.

»Mi padre le ordenó:
«Maldito ladrón, cómete todo hasta que un fuego ardiente
queme tu estómago, tus intestinos y tu vientre».

El público se quedó mudo de estupor.
Aprovechando la emoción general, un hombre pequeño y huesudo,
con un turbante lleno de cagadas de pájaro,
se alejó mirando a su alrededor de manera preocupada.

Terminado el relato, Nasrudín se pone sus babuchas.
La señora mayor le da limonada en un cuenco
para agradecerle lo bien que ha contado la historia;
un mercader le ofrece una torta, y aceitunas sobre una hoja de higuera;
y un tercer oyente le regala un puñado de dátiles.

Los espectadores están comentando lo ocurrido,
cuando se oye el silbido de un látigo y una voz que grita:
—¡Vete!

La gente vuelve la cabeza. Nasrudín se pone de puntillas
y su corazón se ensancha de alegría: por el centro de la plaza,
inundada de sol, avanza, con un ligero trotecillo, su asno.
—Desde que mi padre lo bajó del árbol —explica—,
siempre que roban nuestro asno vuelve solo a casa.

Un silencio respetuoso y admirativo rodea al muchacho que,
sin decir una palabra más, coloca sus cestos sobre el lomo del pollino y se va.

Cuando Nasrudín se acerca a su casa, ve a su padre
sentado al pie de una higuera de anchas hojas.
Duerme la siesta, a la sombra, fumando su narguile.
Nasrudín se acerca, cabalgando orgulloso sobre el asno.
—Hijo mío, aliento de mi vida, fuego de mi corazón
—dice el padre en un tono sosegado—. ¡Por fin has vuelto!
¿Qué has hecho durante todo este tiempo?
—He estado charlando un poquito.
—¿Qué se cuenta de interesante en el mercado?

Nasrudín desciende de su montura y explica:
—Se habla de animales que desaparecen.
¿Qué hiciste tú cuando te robaron tu asno?
Su padre levanta los brazos con gesto resignado.
—¿Y qué querías que hiciese? Volver a pie.

Imprimé en France par Pollina S.A. — 07-2007 — L43807
Dépôt légal : septembre 2007 – ISBN 978-2-0816-3461-9
Loi n°49-956 du 16 juillet 1949 sur les publications destinées à la jeunesse